CONSIDÉRATIONS PHYSIOLOGIQUES

ET MORALES

SUR

LA PEINE DE MORT

par

M. DUMONT

docteur en médecine ; médecin en chef des prisons d'Angers ; médecin
titulaire de l'École impériale d'arts et métiers ; membre de la
Société de Médecine d'Angers ; membre correspondant de
l'Académie médico-chirurgicale de Gênes (États-Sardes).

*(Extrait d'un travail lu à la Société de Médecine d'Angers et
inséré dans le Bulletin, 4ᵉ année, 1856).*

ANGERS

COSNIER ET LACHÈSE, IMPRIMEURS DE LA SOCIÉTÉ DE MÉDECINE

Chaussée Saint-Pierre, 13

1856

CONSIDÉRATIONS PHYSIOLOGIQUES

ET MORALES

SUR

LA PEINE DE MORT

par

M. DUMONT

docteur en médecine ; médecin en chef des prisons d'Angers ; médecin
titulaire de l'École impériale d'arts et métiers ; membre de la
Société de Médecine d'Angers ; membre correspondant de
l'Académie médico-chirurgicale de Génes (États-Sardes).

*(Extrait d'un travail lu à la Société de Médecine d'Angers et
inséré dans le Bulletin, 4ᵉ année, 1856).*

ANGERS

COSNIER ET LACHÈSE, IMPRIMEURS DE LA SOCIÉTÉ DE MÉDECINE

Chaussée Saint-Pierre, 13

1856

CONSIDÉRATIONS PHYSIOLOGIQUES ET MORALES

LA PEINE DE MORT.

Le premier qui, s'érigeant en juge suprême, frappa un homme de la peine de mort, dut, s'il n'était pas un Dieu, hésiter et frémir en portant un pareil arrêt. L'application primitive de cette formidable peine se perd dans la nuit des temps ; mais il est vraisemblable que ce fut pour venger le sang injustement versé qu'une loi de Talion répandit le sang du meurtrier. Le Talion, en effet, est né dans l'enfance des sociétés. L'esclavage, qui date de la plus haute antiquité, en séparant les hommes en deux classes, et faisant croire à une différence originelle entre eux, appesantit nécessairement la main du plus noble sur le plus humble, c'est-à-dire, du plus fort sur le plus faible. Bientôt on ne marchanda pas la vie d'un être si bas placé dans l'échelle sociale, et l'on ne tint guère, que par l'intérêt, à l'existence d'un serviteur que l'on distinguait à peine d'une bête de somme. Plus tard l'utilité, plus ou moins bien entendue de la conservation de la société, fit que l'on ne balança pas à sacrifier la vie d'un citoyen pour sauver l'ensemble de la République, un membre pour le salut du corps entier.

Expedit unum hominem mori pro populo.

Quoiqu'il en soit, après avoir traversé les siècles, jetée à profusion ici, restreinte quelque temps là, suspendue même, modifiée enfin de cent façons, mais jamais détruite, la peine de mort est restée dans nos codes, appliquée à la vérité, de moins en moins, et soulevant toujours des discussions qui, jusqu'ici, n'ont pu convaincre tout le monde de son absolue nécessité.

Ce problème si ardu, je n'ai ni la force ni la volonté de l'aborder et de chercher à le résoudre. De plus habiles l'ont tenté avec un succès douteux. Je sais bien cependant de quel côté j'incline, mais quand je considère les nombreux et sages publicistes qui maintiennent cette terrible mesure de salut public, ma confiance en moi-même s'ébranle, j'examine et j'attends.

Trois arguments contre la peine capitale font sur moi une impression profonde : l'irrévocabilité de la punition, l'issue fermée par là à tout repentir, et l'égalité du châtiment pour des fautes qui ne sont quelquefois que matériellement égales.

L'homme le plus consciencieux, le plus habile à se diriger dans le labyrinthe, c'est peu dire, dans l'abîme de l'âme humaine, malgré une longue habitude des débats judiciaires, en dépit d'une logique ingénieuse et d'une circonspection en garde contre tout, peut se tromper quelquefois par l'infirmité inhérente à notre nature. Plut au ciel que ce ne fût qu'une hypothèse ! Mais hélas ! déjà bien des fois la justice a eu ces irréparables malheurs à déplorer. Je sais bien que telle est la condition humaine, que toujours à côté du bien chemine le mal; mais dans les cas ordinaires la porte reste ouverte à la réparation. Ici nous n'avons que le lugubre et désolant écho de ces effrayantes paroles de l'Ange dans l'Apocalypse : *con-summatum est*. Oui tout est fini; et cette âme que le christianisme attend jusqu'à la onzième heure est forcée de paraître devant son juge, avant le temps et sans cette longue purification dont un grand poète a dit :

Dieu fit du repentir la vertu des mortels.

Que dirai-je de l'horrible égalité qui confond tous les condamnés à mort sous le même niveau du fatal triangle? N'y aurait-il point là plutôt une effrayante inégalité?

On ne tue pas pour tuer. Legouffe, Papavoine, ne sont heureusement que de monstrueuses anomalies dans l'espèce. C'est l'instinct du tigre dans un crâne d'homme, la brute sous un masque humain.

Ici nous rentrons dans la thèse des considérations morales touchant le degré de liberté de l'acte criminel.

Tous ces hommes que revendique le glaive de la loi, sont-ils égaux en scélératesse? Ont-ils tous également apporté dans l'accomplissement de leurs crimes, le même développement moral, la même délibération, le même calcul? N'est-il pas, au contraire évident, qu'aucun d'eux peut-être ne s'est trouvé exactement dans les mêmes circonstances, avec un égal degré d'intelligence, la même liberté morale, les même instincts. L'éducation n'aurait-elle aucune influence sur certains enfants qui, presque dès le berceau, n'ont été témoins que d'actes de violence et de discours immoraux ou incendiaires?

Un homme (nous en avons eu un fatal exemple) dont le père est mort au bagne, et dont la sœur a subi une condamnation de deux ans pour infanticide, aura-t-il à l'idée du vol, du brigandage, du meurtre même, la même susceptibilité d'âme, le même frémissement de cœur que tout autre individu placé dans un milieu moral, honnête et religieux? Qui oserait le dire? qui peut le penser?

Depuis plus de vingt ans, j'ai suivi jusqu'à leur dernier jour, avec un intérêt mêlé d'une tristesse profonde, la plupart des malheureux qui, dans notre ville, ont payé de la tête la dette imposée par leurs crimes, et le nombre en est grand. Eh bien ! j'ai constaté parmi ces hommes, je ne dis pas des nuances de culpabilité et de volonté perverse, mais des différences tranchées, des distances effrayantes entre le sens moral des uns, et le sens moral des autres.

Gardons-nous de croire, car ce serait une dangereuse erreur, que le sens moral existe à peu près le même chez tous les hommes. Quelques-uns l'ont à un haut degré, d'autres n'en ont qu'une étincelle pour ainsi dire, d'autres, enfin, en sont totalement dépourvus. Les sentiments affectueux et bienveillants ont aussi leurs élus, et font défaut à nombre de personnes dont la sécheresse et dureté d'âme s'allient néanmoins à une intelligence richement développée.

En frappant le criminel, qu'a voulu la société ? moins apparemment retrancher un membre dangereux que graver dans l'esprit du peuple, par la terreur du châtiment, l'impression d'une crainte salutaire et durable. Ce ne doit donc pas être, comme dans les sacrifices antiques, un animal tremblant qui va expirer au pied de l'autel; mais un être plus noble, dégradé sans doute par le crime, sentant néanmoins la grandeur de ses forfaits, et pour les racheter se livrant, victime expiatoire, aux mains vengeresses de la société outragée. Si au lieu de cet homme qui a conscience de l'horreur de son action coupable ; qui en a senti et mesuré la scélératesse, pesant dans son cachot les motifs qui ont dirigé sa main, s'avouant à lui-même sa culpabilité, ou la niant avec jactance et effronterie, vous me présentez un crétin moral, je ne dis pas un idiot, remarquez-le bien, abruti exclusivement par les intérêts ou les appétits matériels, n'ayant jamais élevé ses idées au-dessus du gain journalier, né d'ailleurs avec des instincts peu sociables, quelquefois violents, croyez-vous qu'en abattant une pareille tête vous rendez à la société

un véritable service, et donnez au peuple un exemple bien
utile et bien nécessaire ?

J'ai connu un homme qui, dans sa jeunesse, après avoir
arraché les plumes à de malheureux oiseaux, clouait ceux-
ci à une porte, puis, impassible et souriant, jouissait des
efforts désespérés et des cris déchirants de ces pauvres
petites créatures. Placez ce cœur de bronze au bas de
l'échelle sociale. qu'une éducation soignée, au sein d'une
famille honnête, ne réprime pas ce penchant barbare,
que des circonstances fortuites l'accoutument à voir couler
le sang de ses semblables, et vous aurez peut-être un
exemple de plus de ces crimes inouïs qui épouvantent le
monde.

Tout se lie, tout s'enchaîne dans l'organisme humain.
Il faudrait que celui qui dispose de la vie d'un homme
put, en quelque sorte, la suivre dans tout le cours de son
évolution. Tel acte criminel, dont la nature est un mys-
tère pour la sagesse du juge, le jour de l'attentat devien-
drait explicable, relié qu'il serait à certains antécédents
qui le contenaient en germe.

L'homme lui-même ne se connaît pas. Il ne sait pas,
il ne sait presque jamais, avant l'expérience, ce qu'il ferait
dans un cas donné. De là cette exclamation de surprise
et de stupeur quand, après une faute que l'on se croyait
incapable de commettre, on s'éveille comme en sursaut
et l'on s'écrie : je ne l'aurais pas cru. Plus d'un grand
criminel a fait pareille réflexion à chaque pas qu'il avançait
dans le mal. Il croyait toujours que son dernier acte coupable était la limite extrême qu'il ne pourrait jamais fran-
chir. Souvent, de l'innocence à la première faute il y a
plus loin que de celle-ci au crime qui appelle la vindicte
publique. Les mots changeant de signification dans la
bouche de certaines personnes, bientôt les choses qu'ils
signifient subissent dans l'esprit les mêmes changements.
L'horreur naturelle que provoque telle action honteuse
s'affaiblit, s'efface presque tout à fait, et si la réflexion et

toute moralité ne sont pas complétement éteintes, on s'é-
tonne, mais sans trop s'effrayer, du nouvel aspect sous
lequel se présentent à nos yeux des objets autrefois si
odieux et si choquants.

Quelques hommes éclairés d'ailleurs, mais trop crain-
tifs peut-être, m'ont objecté, il est vrai, que la société
impérieusement obligée de se défendre, doit, pour venger
et protéger ses membres, repousser sans pitié comme sans
délai, la force par la force, briser et anéantir l'obstacle
qui s'oppose à sa marche et compromet son existence. Ils
prétendent que dans cette lutte, en quelque sorte personnelle, il est oiseux de s'arrêter à des considérations
métaphysiques, à des discussions souvent impossibles sur
le degré de culpabilité d'un ennemi public, et que, dans
ces graves périls, la plus prompte justice et la moins su-
jette à récidive, est toujours la meilleure et la plus effi-
cace.

Sans doute la société a l'imprescriptible droit de se
défendre, et je ne sache pas que personne le lui ait jamais
dénié. Ce droit, tout homme en particulier le possède
aussi ; mais, ne l'oublions pas, il le possède dans les li-
mites d'une défense personnelle, immédiate et légitime.
Certes l'honnête homme, injustement attaqué, pourra,
devra même retourner contre l'agresseur le coup mortel
qui le menace. Mais à cet individu surpris par une attaque
inopinée, qu'il reste assez de présence d'esprit, assez de
force physique ou morale pour contenir un furieux sans
lui ôter la vie, pensez-vous qu'il puisse passer outre et
user, dans toute sa plénitude, de son droit de légitime
défense ? Je vais plus loin. Je suppose que nous ayons
devant nous un homme aveuglé par la fureur, la prévention ou la misère ; je suppose, en outre, qu'une faiblesse
native d'intelligence et de raison ravale cet être humain
presque au niveau de la brute ; si, pour garantir notre
vie, il nous suffit de blesser plus ou moins gravement ce
misérable, croirons-nous avoir le droit de le frapper à

mort sous le prétexte que notre existence a été menacée ?
Non évidemment non, nous craindrions, par cette conduite précipitée, d'assumer sur notre tête le terrible reproche d'homicide et d'assassin. Nous sentons donc qu'un
coupable, même un grand coupable peut, dans quelques
circonstances, mériter de notre part une certaine indulgence relative. Eh bien ! la société qui ne peut pas périr,
sera-t-elle moins scrupuleuse qu'un simple individu dont
la vie est en jeu ? Se croira-t-elle obligée de se livrer à
son premier mouvement, de frapper le coupable sans en
interroger préalablement l'état mental ? Non sans doute,
elle se sauvegardera à la vérité, mais en sauvegardant
toutefois les règles éternelles de la justice et de la raison.

L'ensemble des considérations physiologico-morales
que m'ont présentées certains condamnés à mort, dépas-
serait de beaucoup le cadre restreint où je dois me ren-
fermer ; aussi choisirai-je, de préférence, quelques phy-
sionomies plus accentuées sur lesquelles, je le présume,
on lira couramment la démonstration de ce que je désire
prouver. C'est du contraste que nous offrirons ces hommes dans leurs sentiments, leurs instincts, leur intelligence respectifs, que ressortira, dans toute son effrayante
lumière, l'inégalité réelle de la peine de mort sous le coup
uniforme de la loi.

Dans le mois de juillet 1839 deux individus, à deux
jours de distance, subirent la peine capitale. L'un nommé
Clémot, âgé de 35 ans, avait empoisonné successivement
les deux femmes qu'il avait épousées. L'autre, Bodin
(René) 22 ans, avait commis un assassinat en complicité
avec son père.

Le premier, arrivé à la maturité de l'âge, portait sur
ses traits l'empreinte du crime que son langage et sa conduite journalière ne démentaient pas. Il était difficile de
porter plus loin que lui le cynisme de la perversité ; une
intelligence assez développée l'avait servi adroitement
dans l'accomplissement de ses attentats, et jamais un

2

signe de repentir agitant son âme ne vint effleurer ses lèvres.

Le second , qu'une longue habitude du crime n'avait pas endurci, dont les instincts naturels luttaient peut-être contre une éducation vicieuse et qui , dans l'homicide qu'il allait payer de sa tête , avait , d'après la rumeur publique , assumé l'affreuse responsabilité qui pesait sur son père, contrastait de tout point avec celui au niveau duquel l'instrument fatal allait le placer.

Comme une distance de quelques mètres et l'épaisseur de gros murs séparaient leurs cachots respectifs, il était facile de ne pas perdre un mot de la conversation que, pour s'entendre , ils étaient obligés de tenir à haute voix.

Je ne citerai qu'un dialogue tenu quelques jours avant leur exécution, et je me servirai des paroles mêmes que j'entendis de leur bouche.

CLÉMOT. — Qu'as-tu donc, tu as l'air triste?

BODIN. — Il y a bien de quoi, que je suis malheureux !

CLÉMOT. — On dit que nous serons *rognés* dans quelques jours.

BODIN. — Ah ! mon Dieu, je tremble en pensant à paraître devant Dieu. Ah ! si j'avais écouté les bons conseils, je ne serais pas là. Mon Dieu ! mon Dieu !

CLÉMOT. — Il faut rire, chanter et manger, et puis vogue ; ne vois-tu pas comme je chante (il chantait, en effet, souvent).

BODIN. — Tu peux donc manger, toi ; ça m'est impossible. Oh ! non, je prie Dieu, je lui demande pardon.

CLÉMOT. — Allons donc, demain nous jouerons à la boule avec nos têtes dans l'allée du diable.

BODIN (avec un accent de désespoir). — Ah ! ne dis pas cela, ne dis pas cela ; c'est affreux, mon Dieu, sauvez-moi.

Deux jours après, Clémot montait sur la charrette lugubre et demandait, en partant, du pain et du vin pour le voyage.

Bodin recueilli et résigné faisait ses adieux aux employés de la prison. L'idée qu'il se sacrifiait peut-être pour son père, remplissait tous les cœurs d'une indicible émotion.

Dieu allait-il ratifier au ciel l'uniformité du supplice que la justice des hommes avait infligé sur la terre à deux êtres que séparait un immense abime moral. Problème terrible pour la sagesse de l'homme! Quelle profonde certitude de la nécessité d'un holocauste humain ne faut-il pas avoir pour arracher brusquement à ses remords et à son repentir, par un arrêt sans retour, un malheureux comme Bodin et le lancer, à tout jamais, dans l'éternité.

Le 29 juin 1849, Giraud-Hervé, âgé de 29 ans, convaincu d'une double tentative d'assassinat sur un religieux et sur un employé de la maison de Fontevrault, subissait sa peine et montait à l'échafaud avec le calme stoïque d'un homme las de la vie et qui veut en finir avec elle.

Les antécédents de la famille de Giraud étaient, m'assure-t-on, patibulaires. Pour lui, échappé à 9 ans de la maison paternelle, il se joint à une bande de malfaiteurs, vit, avec eux, de brigandage, jusqu'à ce qu'il tombe aux mains de la justice et entre à Fontevrault. Là une première tentative de meurtre sur un des frères, le ramène sur les bancs de la Cour d'Assises où il subit une nouvelle condamnation. Cet homme audacieux et tenace voulait aller au bagne, but de ses criminelles préméditations. Comme la plupart des autres condamnés, il avait en horreur le séjour de la prison centrale, et, pour en sortir, il écrasa, avec une lourde pierre, un des gardiens qui voulait entrer dans sa cellule. Ce dernier crime lui valut la peine capitale.

Plus de soixante jours s'écoulèrent entre la sentence et l'exécution. Pendant ce long espace de temps, agonie lente et terrible pour tout autre, Giraud conserva le plus imperturbable sang-froid. Dans les nombreux entretiens que j'eus avec lui, il ne témoigna jamais de regret de ses crimes; mais bien l'impatience d'en finir avec la société et la vie. La société, en effet, il la traitait de marâtre, oubliant ou ne voulant pas reconnaître que, doué d'intelligence et d'instruction comme il l'était, c'était bien plus à lui-même qu'il fallait s'en prendre qu'aux institutions de son pays.

Mais, lui disais-je, vous avez de propos délibéré et avec préméditation, tenté de donner la mort à un homme inoffensif; c'est affreux. « Oui, répondait-il froidement, ça peut être, mais il le fallait pour sortir de Fontevrault. Au reste la vie me pèse; on m'offrirait ma grâce ou une commutation de peine, que je n'accepterais pas. »

Il ne se démentit point jusqu'au moment fatal. Quelques heures avant de quitter la prison, il m'écrivit une lettre de remerciements dont les traits annonçaient la main sûre qui les avait tracés. Il me remerciait de ce que j'avais fait pour lui et semblait, par cette mort tout ignominieuse qu'elle était, se décharger d'un fardeau qu'il ne pouvait plus porter.

Si le développement d'intelligence, le calcul dans le crime, l'intensité d'une volonté ferme et raisonnée peuvent expliquer une condamnation capitale, la mort de Giraud ne doit peser d'aucun poids sur la conscience de ceux qui ont porté l'irrévocable verdict.

Sans suivre l'ordre des dates, je placerai ici l'histoire d'un autre condamné qui, par sa nullité intellectuelle, son défaut de sens moral, contraste singulièrement avec Giraud et appuie ainsi le problème qui nous occupe.

Fresneau, 45 ans, marié, ayant un enfant, monte à l'échafaud le 10 avril 1849. Je ne sache pas que cet homme eût subi de condamnation antérieure.

Revenant, un soir, d'un marché voisin, avec son frère, il se prend de querelle avec celui-ci à l'occasion d'une somme de 30 fr. que chacun d'eux revendiquait comme sienne. Après une discussion violente, Fresneau saisit une énorme pierre qui se trouvait sur la route et en écrase la tête de son frère.

Ce crime commis, le meurtrier, hâtant sa marche, revient chez lui par un chemin détourné, mange comme à l'ordinaire, puis quand l'affreuse nouvelle est connue, il se rend, avec plusieurs personnes, près du cadavre, aide à le transporter à la maison, sans que rien dans ce moment ni plus tard ne fît planer sur lui le soupçon de fratricide. Cependant, assez longtemps après, tombé gravement malade et saisi de la crainte de la mort, Fresneau confesse son crime à une sœur d'hôpital.

L'affreux secret ainsi dévoilé, l'affaire se poursuit et Fresneau est condamné à mort.

La modicité de la somme d'argent, cause unique du crime, le sang-froid de cet homme après sa condamnation, l'indifférence et presque la stupidité de son maintien et de sa conduite dans le cachot, m'engagèrent à suivre de plus près et à examiner attentivement l'état moral de ce nouveau Caïn. Il ne me parut pas que ses idées sortissent du cercle ordinaire des affaires les plus communes de la vie. Ne s'inquiétant de rien, ne parlant jamais de l'horrible position où il se trouvait, Fresneau mangeait et dormait à peu près comme il avait l'habitude de faire. Un jour que je lui retraçais vivement toute l'horreur que devait lui inspirer le meurtre de son frère. Pourquoi, me répondit-il avec un accent où je voyais l'envie de se justifier, pourquoi m'a-t-il volé mon argent..... Volé mon argent! l'entendez-vous ? volé 30 fr. ! Et le malheureux voyait là une explication, une justification peut-être d'un attentat contre nature.

Cependant nous aurions tort de voir une aberration mentale dans cette singulière appréciation de la valeur de l'argent. Pour l'homme de la campagne, l'argent monnoyé a un prestige prodigieusement puissant. Ce métal fait taire, chez le paysan, presque toutes les affections du cœur. Il l'obtient avec tant de sueurs, que la valeur intrinséque de l'or se décuple, à ses yeux, par la difficulté de l'acquérir. Nous en verrons tout à l'heure un autre exemple.

Fresneau a croupi dans cette insensibilité morale jusqu'à la fin. Tout entier à ses besoins physiques, ne jetant jamais un regard sur cet autre côté de la tombe qui allait s'ouvrir pour lui en quelques jours, il sortit et marcha à la mort comme il eût été à un simple voyage. Au milieu du trajet fatal, il demande si l'on est bientôt arrivé. A quelques pas de l'échafaud, apercevant la corde qui suspend le couperet : cette corde là, dit-il, est-elle pour me pendre? Enfin, sans plainte, sans réflexion, sans frayeur, il se laisse porter sous l'instrument de mort et tombe comme l'animal insouciant qui, sans prévoyance comme sans effroi, regarde stupidement le couteau qui va l'égorger.

A qui cette effusion de sang humain a-t-elle été utile et profitable ? Non, sans doute, à celui qui n'a pas plus apprécié ce sacrifice expiatoire que la victime que l'on immole à l'autel. Sera-ce à cette foule de curieux qui viennent toujours se repaître de ces patibulaires spectacles ? Mais quelle moralité ont-ils pu tirer de là? Hélas! ils sont rentrés chez eux, convaincus que mourir ainsi sans bruit et sans remords, ce n'est guère différent d'un voyage de long cours, et qu'après tout, c'est tout au plus un mauvais quart-d'heure à passer.

Mais, a-t-on objecté, cet homme a plus raisonné que vous ne pensez. Tout le manége qui a suivi l'accomplissement du crime prouve que le coupable cherchait à détourner le soupçon de sur lui ? C'est vrai; mais faut-il une haute portée d'intelligence pour tâcher, dans un cas pareil, d'éloigner jusqu'à l'ombre du soupçon? N'est-ce pas quelque chose d'instinctif ? L'animal lui-même, le chien, par exemple, quand il a commis quelque méfait, ne cherche-t-il pas à tromper l'attention de son maître? ne fuit-il pas sa présence? Remarquez d'ailleurs que je ne pose pas Fresneau en aliéné, bien que les fous quel-

quefois employent d'ingénieux moyens pour endormir
la sécurité de ceux qu'ils veulent frapper. Enfin, ajoute-
t-on, il a si bien compris la gravité de son attentat qu'il
l'a déclaré, sans y être forcé. A cela je réponds qu'il ne
faut pas avoir une âme bien morale, bien sensible ni bien
timorée, pour chercher à soulager sa conscience du fardeau si lourd qu'impose naturellement à tout homme qui
n'est pas aliéné, le meurtre d'un frère. Fresneau aurait
vraisemblablement déclaré tout autre dommage qu'il eût
causé à un tiers.

La conclusion sommaire de tout ce qui regarde cet
homme, c'est, à mes yeux, qu'il était un crétin moral;
qu'il n'a jamais apprécié la gravité du crime par lequel
on arrache, à un être humain, le dépôt sacré de la vie,
dépôt qui, confié par Dieu, doit ordinairement n'être
redemandé que par lui.

Voilà donc quatre malheureux, quatre grands coupables, si l'on veut, qui tous ont subi la même peine. Peine
irrévocable, sans amendement, comme sans degré, et
pourtant, la main sur la conscience, qui de nous oserait
dire, oserait penser que, chez tous aussi, la culpabilité
est une et identiquement la même. Un coup d'œil même
léger, jeté sur l'analyse bien succincte, sans doute, que
je viens de faire, ne suffit-il pas pour que l'homme le plus
prévenu sente sa conviction s'ébranler, et appelle, de
tous ses vœux, l'examen préalable de tout individu sur
la tête duquel est suspendu le glaive fatal.

Ainsi que je l'ai dit ailleurs, ce n'est pas sur le banc
des accusés, dans le cabinet du juge, par l'organe du
jury qu'il faut apprécier le degré de culpabilité qu'un
homme apporte dans l'exécution d'un acte criminel. C'est
pendant la réclusion, c'est dans l'ombre du cachot, qu'il
est nécessaire d'interroger les mystères intimes d'une
âme dégradée, de suivre, le fil physiologique à la main,
les inextricables ambages de ce labyrinthe qui se nomme
le cœur humain. C'est là et seulement là que l'on peut

peser l'intelligence, l'éducation, le sens moral, les instincts primitifs de ces grands fléaux de la société.

Je passe à un autre récit. Lamentable histoire d'un jeune homme de la campagne, auquel une femme mariée, plus âgée que lui, força la main, par une obsession satanique et journalière, jusqu'à lui faire oser un homicide.

Le 5 février 1850, Michaud, âgé de vingt-six ans, subit la peine de mort.

Domestique dans une ferme, Michaud eut le malheur d'avoir, pour maîtresse de maison, une de ces messalines qui, après avoir, pendant le mariage, prostitué leur honneur, si l'on peut se servir ici de ce terme, à tous venants, de vice en vice, de crime en crime, descendent jusqu'à l'assassinat de leur mari pour nouer plus étroitement d'autres nœuds que l'infamie a déjà formés. Près de cette ignoble créature qui se vantait qu'aucun de ses enfants n'appartenait à son époux, ce domestique honnête et probe eut à soutenir de fréquentes, de presque continuelles provocations au mal. Il lutta néanmoins, et, par respect pour le mari qu'il aimait en le plaignant, il résista à ces obsessions et sortit même de la ferme, dans la crainte de succomber.

La femme multiplie ses ruses et ses démarches pour qu'il rentre chez elle. Elle épie les jours de foire, de marché, d'assemblée de village, va le chercher dans tous ces lieux, lui parle, le tente par des promesses, le fatigue de ses poursuites, et toujours, toujours fais briller à ses yeux l'argent, l'espoir plus ou moins éloigné de devenir fermier lui-même.

Vaincu par ce long et infernal manége, Michaud rentre au service de cette mégère. Alors cette femme éhontée lui fait, en quelque sorte, violence, va, de force, coucher avec lui, lui montrant, en perspective, la succession de son mari, si celui-ci vient à mourir. Ce dernier est, chaque jour, exposé aux mauvais traitements de sa femme, il est obligé de passer la nuit sur une chaise, pendant que, sous ses yeux, elle s'enferme avec son domestique. Enfin maîtresse absolue une fois de Michaud, elle le domine et exige de lui l'assassinat du mari.

Refus obstiné, luttes violentes de la part du jeune homme. Trois fois, entraîné par l'implacable fureur de cette femme, il sort pour commettre le crime, et trois fois, malgré ce que les circonstances ont de favorable pour l'assassin, il recule, jette son arme et jure de ne pas obéir.

Ah ! s'écriait ce malheureux dans son cachot et devant moi, si j'avais voulu tuer ce pauvre homme, les occasions ne m'ont pas manqué. Souvent je l'ai rencontré, dans des chemins écartés, la nuit, loin de tout témoin, renversé ivre mort dans la boue, pendant que sa charrette cheminait seule dans l'obscurité. Eh bien ! alors je le prenais dans mes bras, le plaçais sur sa voiture, et c'est ainsi que, sain et sauf, il rentrait à sa maison.

Enfin, un jour, excité par les noms de lâche, de poltron, d'homme sans cœur que cette furie lui jette à la face, il sort avec son fusil, et frappe à mort son maître et son ami. Rentré brusquement, et hors de lui, il maudit son action; mais cette misérable, craignant que son affreux espoir ne soit déçu, force Michaud à retourner sur le lieu où gît la victime, et de s'assurer si la main du meurtrier n'a point failli. La victime était bien morte.

Après de longs débats, le jury condamne ces deux coupables à la peine de mort; mais la complice ou plutôt l'instigatrice du meurtre de son mari a vu la peine capitale se commuer pour elle seule en prison perpétuelle.

Sans examiner ici la force de la pression morale sous laquelle Michaud ploya, la tentation violente d'échanger sa condition servile contre l'état de fermier, la décevante perspective de s'appartenir à soi-même et de posséder ce métal, idole du paysan, je dis que cet homme fut coupable, grandement coupable.

Mais, en supposant même que la femme eût subi le

même châtiment, croit-on que les plateaux de la balance
de la justice eussent été dans un équilibre parfait? Ne
peut-on pas dire que, dans cette complicité, la femme
était la tête qui conçoit, et l'homme le bras violenté qui
exécute? Que sera-ce si l'on considère la disproportion
de la pénalité infligée à chacun de ces coupables?

« Les juges, me disait ce malheureux, bien résigné
» d'ailleurs à son sort, les juges ne l'ont point connue.
» Si j'avais dit ce que je sais, ils l'eussent condamnée
» comme moi. Je suis bien aise qu'elle vive, qu'elle se
» convertisse et fasse dire des prières pour moi. Je ne me
» rappelle nullement, ajoutait-il, ce qui se passa en moi,
» au moment du crime. J'étais comme une *bête effarou-*
» *chée*. Je ne lui en voulais point, je vous assure, à ce
» pauvre homme, c'était *elle* qui le battait. »

Michaud mourut avec les marques du plus sincère
repentir. On le plaignait à haute voix, mais on couvrait
de malédictions l'horrible femme qui l'avait poussé au
crime, et par suite, à l'ignominie de l'échafaud.

Ai je eu tort de dire que c'est là une bien lamentable
histoire. L'aveu, sans restriction, que Michaud faisait de
son crime, l'indulgence si généreuse qu'il montrait en-
vers celle qui l'avait perdu et couvert d'infamie; l'accep-
tation résignée d'une peine que ne partageait pas une
complice plus coupable que lui, me causaient une vive
émotion toutes les fois que je sortais de son cachot, et je
ne peux m'empêcher de croire qu'une longue expiation,
en le purifiant aux yeux de Dieu, eût donné à la société
un exemple aussi fructueux que le supplice a été stérile
pour elle.

Je pourrais poursuivre ces investigations morales, ces
recherches à travers l'âme des condamnés, multiplier les
exemples en analysant d'autres faits psychologiques dont
les nuances, on le conçoit, doivent varier à l'infini; mais
je ne veux qu'appeler l'attention sur un sujet trop peu
étudié jusqu'ici, et dont les conséquences néanmoins

atteignent les plus graves intérêts de la société, et de l'homme en particulier : de l'homme, cette créature faite à l'image de Dieu, et qui, par cela même, toute défigurée qu'elle est quelquefois, n'en doit pas moins, et pour tous, être un objet essentiellement sacré.

Au moment où j'écris ces dernières lignes, un criminel, dont le pourvoi vient d'être rejeté, attend aujourd'hui, 10 mars 1855, dans notre prison, la commutation de sa peine ou l'exécution de l'arrêt suprême.

Quelques détails sur l'état moral de cet individu, ajouteront, je l'espère, une donnée nouvelle à la solution de la question présente. Il en sortira plus d'une leçon utile. Deux ou trois traits spécifiques répandront sur notre sujet un peu plus de lumière et de jour.

Guillomard est un homme d'âge moyen, à la figure joviale, d'un tempérament vif, emporté peut-être, car il a déjà été condamné à six jours de prison pour avoir frappé un enfant.

Une rente annuelle de 3o francs et douze boisseaux de blé qu'il était obligé de payer à sa belle-mère, ont été la cause, si peu probable qu'elle paraisse, d'un grand crime.

Cette femme, qui ne percevait pas régulièrement sa rente, voulut employer des moyens plus efficaces pour se faire payer. Guillomard la menace une première fois, et sa créancière se désiste par crainte. L'année suivante (1854), la belle-mère revient à sa première intention ; le gendre, prétendant vouloir lui causer une frayeur plus vive, saisit le moment que cette infortunée est seule à sa maison, et la tue de deux coups de pic portés sur la tête de la victime. Deux enfants de quatre à cinq ans, seuls témoins de cette horrible scène, en exposent, sans varier, tous les affreux détails, et, sur cette déposition providentielle, Guillomard est condamné au dernier supplice.

Voilà le fait physique, l'acte brut avec toute son horreur. Soulevons maintenant le voile, et interrogeons, dans l'intérieur du coupable, les ressorts moraux qui ont

préparé et si affreusement terminé cette sanglante tra-
gédie.

Le prêtre, qui prodigue à Guillomard les consolations
de la religion, est frappé, comme je le suis, de l'insensibilité, c'est peu, de la nullité morale et intellectuelle de
cet homme. Le meurtre qu'il a commis, la peine terrible
qui l'attend, ne troublent pas le moins du monde sa
quiétude habituelle. Il en parle, je ne dis pas avec sang-
froid, mais avec un air, et c'est effrayant à penser, presque riant. Non qu'il y ait là scélératesse profonde, mais
bien défaut d'appréciation juste de l'énormité de son
crime. Que dire, en effet, d'un individu qui, partant pour
le tribunal devant lequel sa tête est en jeu, se munit de
pain, et quand le formidable arrêt vient d'être prononcé,
dans la salle même, tire le morceau de sa poche et le
mange en suivant les gendarmes? Arrivé à la prison, il
paraît préoccupé, je ne sais pourquoi, de l'idée qu'on
va le laisser mourir de faim. Rassuré à cet égard, il
mange avec appétit et dort parfaitement. Il ne veut pas
en appeler parce que, dit-il, sa femme est jeune, qu'elle
a besoin d'un mari pour soutenir ses enfants, et que plus
tôt lui mort, plus tôt aussi le mariage aura lieu. Sur sa
demande, on lui explique en quoi consiste l'instrument
de mort; il ajoute seulement : « Ça ne doit pas faire
souffrir beaucoup. » Pourquoi, lui disais-je, vous qui,
immédiatement après la condamnation, avez fait l'aveu de
votre crime, n'avez-vous pas prévenu l'arrêt par une
confession plus opportune? « On ne pense pas à tout! »
Voilà sa réponse. Guillomard raconte d'ailleurs comme
quoi il était bien avec son curé, remplissait ses devoirs
religieux, aimait ses enfants, en était aimé, et comment
enfin il faut bien qu'il subisse sa peine, puisqu'il lui est
arrivé un *malheur*.

« Comment pourrait-on, me disait l'excellent aumô-
» nier de la prison, trancher la tête d'un pareil homme?
» Il n'a point de remords, parce qu'il ne comprend pas

» l'énormité de son acte féroce. » Il ne se reproche guère, en effet, si tant est qu'il se le reproche, que d'avoir frappé trop fort contre son intention. Problème effrayant que je laisse à méditer.

Le pourvoi de Guillomard est rejeté. Le 31 mars 1855, à six heures du matin, sa tête est tombée, et selon l'expression banale, la justice des hommes a été satisfaite. Soit; mais la justice de Dieu a-t-elle ratifié cet arrêt? Abîme impénétrable à nos débiles yeux.

La faute, sans doute, n'en est pas aux citoyens honorables et consciencieux qui ont porté le verdict de mort. Dans le sanctuaire secret de leur âme, ils ont pensé que, vengeurs de la société, ils devaient la sauver même à ce haut prix. Ils ont accompli, après mûre délibération, un pénible devoir; voyons s'il ne serait pas possible de les décharger quelquefois d'un si pesant fardeau, en les faisant lire plus profondément et mieux dans le cœur et dans l'intelligence des coupables.

Pour suivre jusqu'au bout cette étude physiologique sur Guillomard, j'ai voulu ne le quitter qu'au moment suprême. A 5 heures du matin, j'étais dans le cachot et je vis, sans étonnement, je l'avais prévu, que cet homme, malgré la nuit entière passée sans sommeil et en causerie avec le gardien, ne paraissait ni fatigué, ni abattu. Interrogé quelques jours auparavant, sur l'impression que lui ferait la certitude de son exécution : « Mieux plus tôt que plus tard, » avait-il répondu. Quoique séparé de la mort d'un seul doigt, selon l'expression biblique, il conservait une figure semi-riante. Le pouls était régulier; le soir, après l'annonce fatale qu'il n'avait plus qu'une nuit à vivre, Guillomard avait mangé beaucoup et pendant la nuit même. Il refusa, le matin, ce qu'on lui offrit, ajoutant que ça ne lui servirait pas beaucoup.

Toute idée abstraite, si simple qu'elle fût, ne semblait pas accessible à son intelligence. Nous lui demandâmes, M. l'aumonier et moi, s'il se *repentait* du meurtre de sa

belle-mère, insistant, à dessein , sur la gravité du crime.
Je ne sais pas, dit il , je ne me repens pas, je n'entends
pas. Nous reprîmes : Se *répentir* c'est avoir de la peine ;
être fâché d'avoir fait une chose mauvaise : « Que voulez-
» vous, répondit Guillomard , c'était sa destinée et la
» mienne aussi. J'avais une idée, et quand on a une idée,
» eh bien ! on la suit. Si je n'avais pas eu cette idée, ça
» vaudrait mieux. »

Pendant la nuit , il avait demandé au gardien ce que
c'était que l'âme dont on lui parlait si souvent. Cette
question nous fait juger ce qu'il faut entendre par ce qu'il
appelait sa religion. Réfléchissant, sans doute, à ce que
le prêtre lui avait dit : que Dieu le recevrait au ciel,
Guillomard ajoutait : « Si Dieu me reçoit avec lui, je
» serai bien content; mais s'il ne veut pas, dam' que vou-
» lez-vous que j'y fasse. » Et il faisait ce signe de résignation qui accompagne ordinairement l'idée d'une cir-
constance impossible à éviter. Une chose bien digne de
de remarque et que je ne dois pas oublier, c'est qu'il faisait le plus scrupuleux examen de sa vie passée , notait la
plus légère infraction aux lois de l'Église, à ce qu'on
pourrait appeler la *petite morale,* et glissait, pour ainsi
dire, sur l'acte horrible qui motivait sa condamnation.
Toujours est-il que je n'ai pu saisir, dans ses actions ou
dans ses paroles, rien qui révélât un vrai repentir du
meurtre commis. Il n'a jamais paru sortir de ce raisonne-
ment : J'ai tué une personne, on va me tuer, c'est natu-
rel, c'est juste. Il n'y a rien à dire à cela , seulement il
faut en finir le plus tôt possible. D'ailleurs, et ce fut les
dernières paroles que j'entendis, ne faut-il pas que tout y
passe, les riches comme les pauvres.

L'ignominie du supplice ne pouvait rien sur lui ; il ne
la soupçonnait pas même.

Guillomard, à l'appel de l'exécuteur, sortit tranquille-
ment du cachot, supporta la fatale toilette sans frisson-
ner , sans mot dire ; monta dans la voiture avec un air

profondément indifférent, et quelques minutes après tout
était fini.

Ici les réflexions abondent , je n'en ferai aucune. J'ai
voulu entrer dans tous ces détails, pour rendre le tableau
le plus ressemblant et le plus vrai possible, et afin que
chacun pût apprécier, par lui-même, si un pareil être
devait mourir sur l'échafaud, si plutôt, au contraire, il
n'était pas dans la catégorie de ces brutes dangereuses
que l'on doit enchaîner pour les empêcher de nuire.

Parmi tous ces criminels immolés au salut public par
le glaive de la loi, au moins n'avons-nous pas à déplorer
quelque erreur de justice, par suite de laquelle une tête
innocente est irrévocablement sacrifiée. Tous étaient
coupables, à divers degrés sans doute, et dans des pro-
portions même qui pourraient, pour ainsi dire, établir
une innocence relative; mais enfin tous avaient les mains
souillées de sang; à tous on était en droit de redemander
la vie d'un homme, tout en restreignant le cercle de perversité dans lequel chacun d'eux s'était mu.

Dans notre département, il faut remonter jusqu'au
temps des troubles civils qui suivirent la chute de l'Em-
pire, à l'époque des cours prévôtales, pour trouver un
malheureux paysan dont la tête est tombée, en payant la
dette d'un autre. Le gouvernement d'alors reconnut cette
faute et tâcha de la réparer par des secours pécuniaires;
mais quel est le poids d'or qui puisse faire équilibre au
plateau de la balance que fait incliner le sang humain?

Le cœur saigne à l'idée seule de ces meurtres juridi-
ques. Comment un jury le plus consciencieux, le plus
dévoué à son pays, ne sentirait-il pas un frissonnement
intérieur et profond, quand il sait qu'il tient en sa main,
la vie ou la mort d'un de ses semblables?

Le 16 mars dernier, la Cour de la Gironde a réhabilité
un homme condamné par elle aux travaux forcés à per-
pétuité, en juillet 1848. Sept ans de bagne, sept ans d'infamie ! Un triple faux témoignage avait convaincu les jurés

que Lesnier fils avait tué Claude Gay et incendié la maison
de sa victime. En vain l'accusé présentait et prouvait un
alibi, la déposition catégorique des faux témoins avait
prévalu sur l'esprit des jurés et des juges, et il n'avait
tenu qu'à des circonstances atténuantes qui pouvaient
d'ailleurs n'être pas admises, que Lesnier ne devint le
triste et déplorable pendant de l'infortuné Lesurques.

Le jour de cette solennelle et imposante réhabilitation,
un des jurés qui avaient porté le verdict fatal, s'est approché
de Lesnier, lui a serré la main, avec l'émotion de l'honnête homme à qui, il est vrai, sa conscience ne reproche
rien, mais dont le cœur tressaille de joie quand un hasard
providentiel vient arracher à l'infamie la déplorable victime d'une erreur involontaire.

Quoique mon intention ne soit nullement, comme je
l'ai dit plus haut, de faire un plaidoyer contre la peine de
mort, j'examinerai néanmoins, avant de finir, une raison
alléguée habituellement, et par des gens très sensés, en
faveur de ce terrible châtiment.

On répète partout que la crainte de la peine de mort,
cet irrévocable talion, peut seule arrêter le bras du meurtrier insensible d'ailleurs à toute autre considération.

A cet égard, voici le résultat de mon expérience, ac-
quise par l'observation des condamnés, ou déduite de
leur propre aveu.

En général, la terreur qu'imprime l'idée de la mort,
ne m'a jamais paru ébranler puissamment l'âme du condamné, avant l'annonce positive que toute espérance est
vaine désormais, et que l'exécution n'attend plus que
l'heure qui va sonner prochainement.

J'ai vu, dans ce cas, des commotions effrayantes, l'é-
branlement profond de toutes les puissances de l'âme, de
ces peurs inénarrables qui peuvent, comme cela s'est vu,
dit-on (Saint-Vallier), blanchir les cheveux d'une homme
dans une nuit, et le vieillir lui-même de vingt ans.

Je me rappelle encore, avec terreur, quoiqu'il y ait de

cela bien des années, un homme d'Erigné, près d'Angers, lequel , pour un vil intérêt , avait empoisonné son oncle.

Quant il eut appris que, pour lui, le soleil se lèverait le lendemain pour la dernière fois, sa figure se contracta brusquement, ses traits furent instantanément bouleversés à tel point qu'il devint méconnaissable. Un tremblement, je devrais dire une *quassation*, si ce mot était permis, agita, secoua violemment tous ses membres. Il semblait que les articulations allaient se disjoindre; les yeux projetés dans leur orbite avaient quelque chose d'affreusement suppliant, et la bouche convulsée lançait, avec de tumultueux éclats de voix, ces paroles : « Oh! pour Dieu, ne me tuez pas; plongez-moi à cent pieds sous terre, au pain et à l'eau ; que je ne voie jamais le soleil, mais ne me tuez pas, ne me tuez pas. »

Ses cris et ses sanglots avaient je ne sais quoi d'étrange et de sauvage, ou eut dit d'un animal qu'on égorge. C'était bien là un de ces épouvantements tels qu'il s'en verra, selon l'Écriture, à la fin des temps, quand les hommes, séchés de frayeur, s'écrieront : « Montagnes, tombez sur nous. » Je lui saisis les mains pour le calmer ; mais il ne m'entendait pas. Et d'ailleurs, qu'avais-je à lui dire ? La crise se prolongea longtemps. Comment le lendemain se termina ce terrible drame ? Je l'ignore. Je n'eus pas le courage d'en voir le dénoûment.

Un jeune Polonais, par un acte aussi lâche que féroce, avait, à coups de marteau, écrasé la tête d'une vieille femme, son hôtesse et sa bienfaitrice.

Dans les derniers jours qui précédèrent l'exécution, son cerveau s'exalta; il devint moins traitable, s'irritait, menaçait même. Un matin, il s'arcboute contre la porte du cachot, qu'il fut impossible d'ouvrir. Cependant, à l'aide d'une longue perche glissée entre le mur et la porte, on força celle-ci; mais le condamné, saisissant avec violence cette espèce de levier, le rompit, et du tronçon

se fit une arme, avec laquelle il soutint quelque temps
une manière de siége.

En se défendant, il criait aux gendarmes qu'on avait
appelés : « Tuez-moi, mettez-moi une balle dans la tête,
percez-moi de vos baïonnettes : je ne me rendrai qu'à la
mort. »

On parvint néanmoins à saisir ce furieux. Il se calma,
et, si mes souvenirs ne me trompent pas, grâce aux per-
suasives exhortations de l'aumônier, il mourut avec une
espèce de résignation.

Je ne connais guère que ces deux exemples qui tran-
chent sur l'uniformité de la conduite des condamnés à
mort, à l'approche du terme fatal qui va les lancer dans
l'inconnu. Ce n'est donc qu'à la fin, longtemps même
après la condamnation, que l'idée de la mort agit plus
ou moins puissamment sur l'esprit des grands criminels.
Jusque-là ils s'y arrêtent peu, et ce mobile, qui semble
si énergique, n'a peut-être pas toute l'efficacité qu'on lui
suppose.

Ainsi est fait le cœur de l'homme. Il est bien plus sensible à un mal léger, mais actuel, qu'à un autre mal plus
grave, mais qui ne s'aperçoit que dans le crépuscule
obscur d'une perspective lointaine.

Le prononcé du jugement frappe ordinairement comme
un coup de foudre; puis, les jours suivants, le moral
atterré d'abord se relève, subit des alternatives d'abaisse-
ment et de résignation jusqu'à ce que l'incertitude, toujours un peu flottante, soit irrévocablement fixée.

Si, à la distance de quelques semaines au plus du moment fatal, l'image d'une mort ignominieuse et inévitable
ne porte pas un trouble profond et incessant dans l'âme
du criminel, croit-on qu'au milieu du paroxysme de la
passion, quand un gain présent sollicite tous les mauvais
instincts d'une mauvaise nature, alors que l'espoir de
l'impunité augmente en raison directe des mesures que
l'on a prises, croit-on, dis-je, que l'image lointaine d'un

châtiment éventuel et se perdant dans l'avenir, fera trembler le bras et frémir le cœur de l'assassin ?

Pour presque tous les hommes, ce qui est éloigné perd la plus grande partie de sa puissance réelle sur l'âme. Voyez, en effet, dans un autre ordre d'idées, l'homme religieux et dévot; malgré sa ferme et inébranlable croyance dans la certitude d'un châtiment infini, ne joue-t-il pas, pour ainsi parler, chaque jour avec sa damnation éternelle? pour la vaine satisfaction d'un plaisir futile, mais dont l'attrait est présent, ne brave-t-il pas la vengeance certaine pour lui, mais éloignée, d'un Dieu aux regards duquel il sait bien qu'il n'échappera pas ?

J'ai souvent demandé à des assassins comment il se faisait qu'à l'instant du crime l'idée de la peine capitale n'eût pas suspendu leurs coups; ils n'y pensaient pas, répondaient-ils.

Ils connaissent sans doute assez le Code pour savoir jusqu'où il faut aller, si l'on veut éviter telle ou telle peine; mais ces calculs se font dans les prisons. C'est, pour ainsi dire, la théorie du crime faite à tête reposée, et ces subtiles distinctions ne trouvent plus leur application dans la fureur insensée qui pousse le scélérat à un acte sanguinaire. Il est donc assez vraisemblable que si la peine de mort fait penser et réfléchir le méchant en dehors de l'accomplissement du crime, elle l'arrête et l'intimide bien rarement dans l'instant même qu'il assouvit sa fureur.

Quoiqu'il en soit, malgré la répugnance que je sens en moi pour la peine de mort, je suis loin de demander qu'on l'efface immédiatement de nos codes. Je voudrais, si ce souhait n'est pas trop ambitieux pour ma faiblesse, je voudrais encourager les dépositaires des lois, ceux surtout que la société charge du sacré mais périlleux devoir de constater la culpabilité des accusés, à suivre l'exemple du Gouvernement, qui éloigne de plus en plus l'application de cet article du Code pénal.

Je voudrais, pour l'appliquer, un tel concours de circonstances que le cœur du Juré, profondément convaincu
de la scélératesse intentionnelle, de l'impossibilité de tout
amendement de la part du coupable, de la nécessité
absolue de frapper l'esprit des peuples, sentît plus de
difficulté à absoudre qu'à condamner.

En dernier résultat, que demande-je ? Rien que l'intelligence du simple, du vrai sens de la loi ; rien que ce
qui était, à coup sûr, dans l'esprit du législateur. En
effet, la loi permet que l'on pose des circonstances atténuantes. Qu'est-ce à dire ? sinon que la loi livre à la sa-
gacité du Juré l'investigation de l'âme du coupable, les
replis de sa conscience, l'inventaire, pour ainsi dire, de
toutes ses facultés physiques, intellectuelles et morales ;
car enfin, tous ces éléments sont la source d'où découlent
les circonstances qui peuvent atténuer un crime ou un
délit.

Mais ce travail philosophique n'est pas habituellement
à la portée de tout le monde. Tout homme ne sait
pas lire clairement dans le cœur des autres hommes, et,
comme toutes les autres sciences, la science du cœur
humain ne s'acquiert que par l'étude et l'observation.
Il faut donc que le Juré honnête, impartial, et voulant
d'ailleurs, avant tout, une exacte justice, soit quelquefois
prémuni contre l'entraînement d'une indignation bien
naturelle assurément, et bien louable à la vue de certains
crimes d'une effrayante atrocité. Il faut qu'il sache et
qu'il comprenne bien qu'un seul coup de poignard porté
avec sang froid et d'une main sûre, dénote quelquefois
dans l'assassin une scélératesse plus profonde qu'il n'y en
a dans tel homme violent qui, emporté par la colère et
comme la brute dont il a l'instinct, s'acharne sur sa victime et la déchire en morceaux. Avouons que beaucoup
de Jurés sont à peu près incapables d'une pareille appréciation.

Quelques uns, sans motif raisonné, croient s'affranchir

de toute responsabilité morale en ne condamnant jamais
à la peine de mort; d'autres, disciples instinctifs de de
Maistre, regardent le bourreau comme la pierre angu-
laire de l'édifice social, et semblables à l'antique race
sémitique, ne voyent de salut que dans l'effusion du
sang. C'est entre ces deux écueils que la conscience du
Juré doit se diriger. Mais quels seront ses guides? Les
juges instructeurs ne s'occupent d'ordinaire, et c'est
leur tâche, que de l'élément matériel et positif du fait
incriminé et ceux qui président les assises se trouvent forcément renfermés dans le cercle inextensible de la loi.
Quant au ministère public, il ne fait guère appel à l'indulgence du Jury que dans les cas qui touchent évidemment à la folie. Or, je l'ai déjà dit, il ne s'agit ici ni de
folies, ni de monomanies dans le sens commun de ces
mots, il s'agit de certaines dispositions naturelles ou ac-
quises, de vices implantés dans l'organisme, de ces pas-
sions natives qui, sans anéantir complétement l'usage de
la raison, affaiblissent néanmoins notablement le libre
arbitre. Sans doute, chacun de ces magistrats, dans sa
sphère respective, contribue au triomphe de la justice et
de la vérité, mais peut-être leur contact avec les criminels est-il moins immédiat que celui du médecin et de
l'avocat.

Après le médecin spécialiste, et surtout soutenu par
celui-ci, le défenseur peut rendre d'éminents services à
l'humanité en s'appliquant à démontrer aux jurés le degré de liberté morale que tel ou tel individu aura apporté
dans la perpétration du crime. Ah! je l'avoue avec peine,
dans cette noble et généreuse tâche, l'avocat n'est pas
toujours bien compris de ceux à qui il s'adresse. Quand il
développe, avec une éloquente conviction, ces principes
physiologiques sur la responsabilité humaine, principes
qui, un jour, je l'espère, seront une science commune
et acceptée par tous, il a quelquefois la douleur de voir
ses chaleureux efforts accueillis par le sourire de l'igno-

rance et du dédain. Qu'il ne se décourage pas, néanmoins; qu'il soit bien convaincu, qu'en définitive, l'em-
pire du monde est dévolu à la raison, et que, dans les
siècles barbares, ce sont les médecins et les avocats
qui ont le plus contribué à éteindre les bûchers. Cependant, chose pénible à dire, dans les plus graves affaires
criminelles, c'est l'homme de l'art, le médecin spécialiste,
que l'on recuse ! Ne dirait on pas qu'on fuit volontaire-
ment la lumière ?

Toutefois, ce n'est pas le ministère public que j'ai en
vue ici, non. Mais que la défense y prenne garde : de
pareilles récusations trahissent quelquefois l'intérêt du
client et, sur le sol mouvant de l'appréciation morale, ce
n'est, le plus souvent, qu'à l'aide du médecin que l'avocat peut marcher avec sécurité.

Ce n'est point une prévention professionnelle qui me
fait placer l'homme de l'art au premier rang dans ces investigations de l'intérieur des coupables. En effet, un
préjugé répandu généralement, entretient l'idée souvent,
sinon toujours, erronée, que le ministère public, gardien
sévère de la société, a je ne sais quelle tendance à exa-
gérer la culpabilité de l'accusé, tandis que l'avocat, mu
par un sentiment individuel, atténue, autant qu'il est en
lui, la gravité de l'accusation. Mais le médecin qui ne
peut avoir devant ses yeux que sa conscience et l'amour
tout à fait désintéressé du vrai, se pose essentiellement,
en face des jurés, comme le symbole le plus absolu de
l'impartialité.

Je m'arrête ; une pareille matière exigerait de plus
amples développements, et ce n'est qu'en passant, que
je peux y faire allusion.

Par une singulière coïncidence, ces idées que j'émets
ici avec une conviction profonde, viennent de retentir
jusque dans le sanctuaire des lettres, à la réception d'un
écrivain moins remarquable encore par ses titres de no-
blesse, que par ses talents et son mérite personnel.

Répondant au noble récipiendaire, M. Nisard a dit élo-
quemment : « Vous avez examiné le droit de punir dans
» son application irréparable, la peine de mort. A la
» façon dont vous en discutez l'utilité, on voit bien que
» vous ne pouvez y consentir. Vous n'en *demandez pas*
» *pourtant l'abolition ;* mais vous espérez qu'elle finira
» par n'être plus utile, et votre esprit s'inspire de votre
» cœur pour persuader vos espérances à ceux qui vous
» lisent. En attendant, et comme pour vous consoler,
» vous demandiez que la peine de mort cessât d'être ap-
» pliquée à *certains criminels.* Ne pouvant la supprimer,
» vous tâchiez du moins de dérober quelque chose à l'ir-
» réparable, »

Ces criminels auxquels M. de Broglie voulait que l'on
cessât d'appliquer la peine de mort, rentrent, sans doute,
en partie, dans la catégorie de ces malheureux sur les-
quels j'appelle l'indulgence relative de la loi.

En traitant, dans ses écrits, de la liberté humaine,
l'adversaire de Broussais a dû forcément admettre des
conséquences identiques à celles que j'ai tirées de l'affai-
blissement du libre arbitre.

Comme un heureux appendice de ces considérations
physiologiques, je trouve dans la statistique criminelle
que le Ministre de la Justice a publiée cette année, des
chiffres qui méritent la plus sérieuse attention. Suivant
ce document officiel, depuis 1851, les assassinats ont
diminué de 23 pour o|o, et les meurtres de 56 pour o|o.
Certes, on ne prétendra pas que pendant ces cinq
années la peine capitale ait été multipliée pour effrayer les coupables. Peut-être, au contraire, est-il
vrai de dire que jamais les commutations de peine
n'ont été plus frequentes que pendant cette dernière pé-
riode de temps. La conclusion à tirer de ce fait, ne coule-
t-elle pas d'elle-même ? Cette progression descendante
qui, sans doute, ne s'arrêtera pas là, ne parle-t-elle pas
assez haut ?

On le voit, ce n'est point par des arguties métaphysiques, par de hautes discussions de philosophie morale, par des arguments plus vagues, en général, que
démonstratifs, que je prétends sanctionner ou repousser
la peine de mort dans certaines circonstances, mais bien
en cherchant à prendre la nature humaine sur le fait, en
l'interrogeant, la scrutant sans idée préconçue, telle que
Dieu a permis qu'elle fût, telle, en un mot, que la raison,
le sens commun des hommes éclairés par une saine phy-
siologie, peuvent l'apprécier et l'apprécient, en effet,
dans les diverses phases de la vie. Quant aux preuves
d'autorité, je ne leur donne qu'un rang très secondaire.
Elles ont, ce me semble, deux inconvénients graves,
l'un, d'empêcher l'examen des questions, l'autre, de
s'accommoder à tous les systêmes. Qui n'a pas des auto-
rités pour soi !

Je finis. Heureux si, par cette faible mais conscien-
cieuse observation des condamnés, je pouvais, ne fût-ce
qu'une fois, sauver la tête d'un crétin moral, ou rendre à
à l'expiation, pour son bonheur et pour l'exemple de la
société, un malheureux qu'une série fatale de circonstances a conduit au crime, sans en faire un monstre que
la justice humaine, dans son impuissance, doive renvoyer
au tribunal de Dieu.

DUMONT, *d.-m.*

Angers, Imp. Cosnier et Lachèse.